눈치 보며 피는 꽃도 있다

도서출판
지식나무 K

눈치 보며 피는 꽃도 있다

김기월 시집

도서출판
지식나무 K

무엇을 적을까,
써야 한다고
마음을 다잡고 앉아 있다가
차오르지 않는 감정은
허허로움으로 남겨놓기로 했다.

2025년 11월
김기월

차례

제2장 퇴행성 별 하나

제3장 사랑의 변방에서

제4장 시처럼 물들고 싶다

제1장

당신 행복한가요

그 사람을 찾습니다
어디쯤 계시는지
잘 지내고는 있는지

빨간약을 바르며

흔들리며 사는 거라는데
흔들려도 너무 흔들려서

할퀴고 파인 상처
아물 날 없다

아프면 울어도 돼
어른이 되어도 우는 거야

서울역에 오면

지나간 인연
이제는 오래된 인연 하나
우연히 스치듯 만날까
설렘 가득 안고 오는 곳
기차 안에서 옆자리에 앉는 사람이
문득 그 사람이길 그 사람이었으면
이별도 없는 덫
서울역에 오면
뭉게뭉게 그리움이 떠다니고
고드름 걸린 산사 어느 처마 밑처럼
숙연해지는 마음 붙잡아 기적을 바라며
단 한 번만이라도 우연히라도
그대를 만났으면

가시1

그때는 몰랐어
일방적인 마음이라고 생각했지
털어내려 애써도
안 되는 게 있다는 것을

찔린 자리 곪고 아파와도
뽑아내고 싶지 않은 것도 있다는 것을

왈왈대는 까닭

아침부터 왈왈 시끄럽다
가난의 행색에서 벗어나려고
밀고 들어오는 물때를 맞춰
협소한 세상으로 모여든 사람들
투박한 주먹만큼 작게 내뱉는 말투가
주먹보다 더 세고 아프다
분명 심사가 편치 않은 밤을 보냈으리라
발단이야 어찌 됐든 뾰족한 아침
동태 생선 눈깔처럼 툭 내리깔고
눈 맞추기를 거부하고 슬쩍 피했다
문어 대가리처럼 머리를 들이밀고
한 판 붙어보아도 좋겠지만
뾰족한 가시가 가슴팍을 찌르고
박혀서 내 삶의 나뭇가지가 잘릴까 봐
오늘은 이곳만큼은 피해서 다녀야겠다
걸리면 뼈까지 발라낼 기세다
뾰족한 아침
여기저기 개 짖는 소리 요란하다
잘났다고, 너만 잘났니
나도 잘났어라고

바람 분다고

바람 분다고 이곳까지 왔겠습니까
비틀거리다 툭 던져진 곳이 이곳일까요
삶이 비틀거릴 때마다 지킬 것이 있어서
살아있는 것조차 슬픈 이유였지만 간절함으로 흔들렸고
그렇게 흔들리며 여기까지 왔겠지요
길은 늘 여러 갈래를 향해 있었고
굳은살 박힌 심장 고동은
둔탁하게 뛰면서도 제 자리를 잃지 않았고
지금 여기까지 오게 했습니다

바람 분다고 이곳까지 왔겠습니까

변두리에 산다

사랑은 계절 따라 나이테를 새기고
그리움도 사랑이라고 하는데
보고 싶지만
나는 아직도 서성이네

6월의 하늘을 바라보다
빗살 같은 햇볕이 동공에 흩어지면
숨 같은 사랑이 해맑게 웃다가
천천히 조금씩 자라는 그리움을 뒤로하고

사랑한다는 것은
얼마나 두려운 일인지
그 눈부심 뒤에 오는 쓸쓸함의 비애가
송곳이 되어 찌름을 알기에
흘러가는 인연으로 그림자처럼 산다네

당신 행복한가요

내 계절의 끝은 여름이고
내 하루의 끝은 당신이 돼버린 지 오래

늙은 여름을 마주하고 당신을 만납니다.
아주 가끔 솔직해지고 싶을 때가 있습니다

심드렁한 인생도 풀어놓고
기쁜 하루도 줄 세워놓고
힘든 하루의 소소한 일과도 풀어제치고
마음을 터놓고 얘기하고 싶을 때
오롯이 알몸으로 섰을 때 당신을 만납니다

먼 미래로 유배된 언어 그 길 끝에
마음의 바람을 당신에게 보냅니다
당신 행복하나요

상봉 시외버스터미널

새벽 첫차를 탄다
속초행 금강운수 버스

시외버스 첫차를 타는 사람에겐
누구든 사연이 있기 마련이지만
버스 운전을 하던 아버지가
가슴 시리게 보고 싶은 날
건물 사이 막다른 바람이 서럽게
등골을 파고드는 여명의 새벽
의지할 데 없는 마음은 벌써
미시령을 넘어 바다를 향했다

심장의 중력이 기울어
가슴에 눌린 것이 짐이 될 때
이제는 세월의 뒤안길 저편으로 사라진
아버지, 그 희미한 흔적을 찾아
강원 나 7028 금강운수 버스
새벽 첫차를 탄다

비 내린 아침, 통도사에서

안개는 부드러운 옷자락처럼
대웅전 기둥을 감싸고
젖은 기와 위 부드러운 빗방울이 스민다

향내 깊은 마당 고요함이 손끝에 스며들고
발걸음마다 부드러운 기도가 땅속으로 번져간다

바람이 연못 위를 어루만지면
물 위의 연꽃조차 잠시 숨을 고른다

부처님의 손길이 닿은 듯
이곳엔 모든 것이 따뜻하다
비마저도 자비로 내려
한 송이 매화가 피어나는 아침
안개 너머 평화가 고요히 나를 지켜본다

대설주의보

내 삶은 흰 눈 속에 갇혔다
얼룩진 세상을 비웃기라도 하듯이
온통 흰색의 바다다
물끄러미 바라보던 얼굴 위로
그리움 하나 떨어져 눈물짓는다
소리 한번 내지 않고 지상으로
내려앉는 저 어지러운 눈발
고개 돌려 하늘 보다 알았다
그리움이 오는 것이라고
서러움이 폭발해 바람을 타고
눈발에 쓸려 하얀 눈 밟으며
서러운 몸짓으로 오는 것이라고
십 년만의 폭설은 등뼈를 드러내
외로움이 눈덩이처럼 불어
그리운 이름 때로 내린다
생의 전부를 내주고서야
폭설은 멈출 것이다

풀빵

가방 안에서 작은 봉지를 꺼내 든다
내 손에 쥐어 준 것은 작은 풀빵
어릴 적 동네 귀퉁이마다 있어
포장마차 빵틀에서 구워
꼬챙이로 툭 건져내면
하얀 김이 시야를 가르던
호호 불며 입안에 쏙 넣으면
팥이 툭툭 터져 입 안 가득
팥고물로 가득하던 그 맛
정이 뚝뚝 입안으로 떨어졌다

기상청 예보, 맞춤법과 표준어

11월 29일 오후 2시
눈이 온다고 했다
어제처럼 폭설이 쏟아지려는지
기대감으로 창문 자리를 고수했다
1시 55분 기상청 정보처럼
흰 눈이 하나둘 떨어진다

ㄱ ㄴ ㄷ ㄹ ㅁ ㅂ 시옷이 내려앉는다
뿌연 눈 위로 눈은 내리지 않고
한글 자모의 수효와 순서가
8종성 법으로 내려온다
하얀 눈송이는 글자 송이가 되어
땅 위에 뿌리처럼 박고 머릿속을
하얗게 지우기를 반복하며 어지럽힌다

맞춤법에 어긋난 단어들이
서로서로 줄지어 내려온다
깍뚜기, 떡뽁이, 싹뚝싹뚝
문득, 떡볶이로 고치려다가
오늘 저녁은 얼큰하게 어묵 잔뜩 넣고
떡볶이나 해 먹어야지 하다가 지운다

눈 위로 다시 쓰는 한글 맞춤법
아아, 님은 갔읍니다를 갔습니다로
고치다가 창밖을 보니
눈발이 굵어진다
애꿎은 커피만 더 마셔야겠다
마음은 이미 창덕궁 비원을 걷는다

바코드 위의 시간

매장 한편, 익숙한 자리에서
팁패드를 쥐고 바코드를 찍던 날들
나는 보이지 않는 손이 되어
누군가의 하루를 채우며
이곳에서 많은 시간을 쌓아왔다

익숙한 소리, 손끝에 남은 진동
규칙적으로 움직이던 동선
그 안에서 흘린 땀과 서로를 알아보던 눈빛까지
이제는 기억으로 남을 순간들이다

마지막 주문을 담으며 문득,
이제 더는 이 길을 오가지 않는다는 생각에
가슴 한쪽이 허전해진다
늘 당연했던 풍경들이
오늘따라 낯설게 다가온다

아쉬움은 쉽게 사라지지 않겠지만
이곳에서의 시간은 분명 내 안에 남아
앞으로의 길을 조용히 비춰주리라

꽃이 피는 쪽으로

아무도 모르게
겨울의 가장 깊은 골짜기에서
봄은 손톱만큼씩 자란다

흙 아래서 오랫동안 움크렸던 씨앗이
어느날 문득 뿌리를 뻗는 순간
그것이 시작이다

무거운 흙을 밀어내고
돌부리에 부딪히고도
멈추지 않는 그 작은 힘
빛을 본 적 없는 존재가
어찌 태양을 꿈꾸었을까

피어나는 꽃잎이 기적처럼 보이는 것은
그 뒤에 수많은 밤이 숨겨져 있기 때문

첫눈 내린 화양강에서

하얀 눈송이 화양강 위에
가만히 내려앉는다

네가 웃던 강둑 길에도
새하얀 숨결이 스민다

손을 뻗으면
눈송이처럼 사라질까
나는 숨을 죽이고

강물도 오늘은
너를 비추며 천천히 흐른다

첫눈처럼 고운 네 이름을
나는 가슴속으로 불러본다

조금 외롭더라도

바람이 저녁 하늘을 아프게 지나칩니다
꽃을 피우는 것도 너의 몫

얼음 울음을 가두고서야 알았습니다
흔들리는 것도 인생이었다고
며느리밥풀꽃처럼 죽어서야 피는 꽃이 아니었다고

가슴을 찢기고서야 알았습니다
달빛에 베인 상처로 싹둑 잘라먹은 세월이
달빛에 시를 꽉 물리고서야

배시시 달빛에 그려보고서야 알았습니다
경계에선 이 나이에 외로우니까 사람이라는
오후의 삶은 외롭다는 것을

그리움은 바람을 타고

밤이 깊어질수록
그대의 흔적이 짙어진다
닫아둔 창 너머로 스며드는 바람에
낯익은 온기가 실려오고
나는 또다시 그대를 불러본다

그대 없이도 계절은 흐르고
거리에는 꽃이 피어나지만
내 마음 한편엔 여전히
그대의 시간이 머물러 있다

멀어질수록 선명해지는 얼굴
잊으려 할수록 또렷해지는 목소리
그리움이란 그런 것일까
지우려 해도 결국 마음 한구석에 남고 마는 것

언젠가 바람이 불어오는 날
그대도 한 번쯤 나를 떠올릴까
그리움이 길을 잃지 않고
우리에게 닿을 수 있을까

숨 같은 사랑

이별이라고 한 적 없었습니다

어제와 똑같은 날이라고
칠흙같은 어둠속
어둠보다 더 무겁게 가라앉으며
긴 세월 돌아오기만을 바라며
먹먹한 가슴을 채우는 것은
순간을 기억하는 그리움
나에게 와 준 사람
처음사랑

한 사람을 찾습니다
우주의 법칙처럼 만난 사람
마음을 주는 법과
세상과 이야기 하는 방법을 가르쳐준
어느날 내 가슴의 주인이 된 사람

그 사람을 찾습니다
어디쯤 계시는지
잘 지내고는 있는지

빛은 흐려지지 않는다

어둠이 깊어질수록 별빛은 더욱 선명해지고
바람이 거세질수록 꽃은 뿌리를 단단히 내린다

누군가는 벼랑 끝에서 흔들리고
누군가는 침묵 속에 갇히지만
진실은 흐려지지 않고
빛은 결국 길을 찾아 나아간다

우리는 기억해야 해
겨울이 길어도 봄은 반드시 오고
어둠이 짙어도 새벽은 찾아온다는 것을

그러니, 두려움 속에서도 너의 빛을 잃지 마
희망은 언제나 작은 불씨로 시작되는 법이니까

빈 손

빈 손을 내밀면
그리움이 쌓인다
쥐었던 것 놓친 것
모두 그 안에 있다

멈추지 않고 가는 길
비어 있어도
손끝은 따뜻하다

제2장

퇴행성 별 하나

행복을 꿈꾸었습니다
언젠가 헤어질 것을 염려했지만
미워서 헤어지지 않기를 기도했습니다

민들레

허물어져 가는 건물
철거딱지가 붙었다

이 무슨 날벼락
담벼락 밑 민들레 한 송이
노랗게 얼굴이 질렸지만

세상 어디
내 살 곳 하나 없을까

고개 숙이지 않은 민들레
꽃잎 가득 홀씨 피어났다

바람 불던 날

버리지 못한 여름을 끌어안고
은행나무 시름에 잠겼다

초록을 흔들며 지표를 흔들던
지난 시간의 자리가
땅바닥에 노랗게 수북하다

생애의 숨구멍마다 나무껍질 같던
바스락거려 부서지던
오래된 냄새가 나던 그녀

저 은행나무처럼
초록으로 무성하던 시절 지나
바스락거리며 주저앉으며

새가 된다
바람이 된다

청춘의 꿈

비틀거린다
하루의 낮을 빈둥거리며
밤의 어둠을 환하게 밝히며
생의 지표를 찾지 못하고
저 젊은 몸뚱이가 갈 곳을 몰라
하루를 취해 산다
2백만 원을 벌어서 백만 원은
엄마 준다는 절대 순수의 청춘이
작은 눈을 쪼개며 실실 웃는다
저 가슴은 새까맣게 타 있겠지

두 손을 모아본다
지금 내가 할 수 있는 일은
이것뿐인 것처럼

낯선 공동체

뇌 속에 친화력 있는 벌레 한 마리
기어다닌다
얼마나 오래 머무를지는 모르겠다
살금살금 뇌 속을 파먹고 산다
호둣속같은 뇌는 금방 점령당해서
조금씩 살을 내어 주고
빈집이 흔들리는 위태로움은
이제부터 시작이다.

언제부터인가 꼬물꼬물거리며
글자 하나씩 집어삼키더니
삶이 외로워지면 생겨서
눈물을 먹고 자라는
벌레 한 마리가 똬리를 틀고
갈근갈근 갉아먹고 있는
꽃 한 송이 종이꽃으로 피는 오후

바람이 멈춘다

두선탄장 굴뚝 아래
바람이 식어간다

검은 화차 지나간
레일 위 녹슨 시간의 뼈

햇빛은 말이 없고
잡초만 느리게 자란다

철암은 아직 숨을 쉰다

서울로7017

세상이 온통 흐리다
바람은 살포시 감싸주지만
삐걱거리는 관절처럼 어긋난 미래는
세상을 건너다 휘청인다

신문지 한 장 위로 햇살이 내려앉고
아스팔트 위 머물던 볕은
면벽 수행처럼 조용히 스며든다

그 빛을 머금은 얼굴
고된 윤회 속에서도
한 자락 자비가 머문 듯
미륵의 미소처럼 번진다

다시 일어나야 할 때
고요히 문을 여는 선승처럼
빈 주먹을 쥐고도 하늘을 움켜쥐며
속세의 바람 속을 떠돌지라도
무상 속에서, 다시 꽃필 것이다

잠시 멈추어도 괜찮아

예고 없이 내리는 비는
좀체 돌이킬 수 없는 병사 같은 일입니다
젖어 든 날개 비를 맞아 돌이킬 수 없이
무겁게 젖기 때문입니다

늦은 귀가만 아니길 스스로 약속할게요
봄보다 짧을 가을이 곧 올 테니까

가시2

생선 한 마리
밥상에 올라와 앉는 날이면
늘 어김없이 잘못 삼킨 가시에 걸려
컥 컥 컥
기침소리에 눈을 들어보면
앙상한 뼈만 수북한데
컥컥거림에 체할 것만 같아
찔리고 찔린 가슴에 쌓였던 가시
세월에 내려앉은 깊은 주름의

아버지

막돼먹은 익명씨

배부른 돼지가 헛구역질 한다
눈먼 돈, 욕망, 권력욕
거대한 거품들이 첨벙댄다

'의무 휴일 폐지'를 둥근 접시에
'휴식 보장권'을 넓은 테이블에 놓고
아직도 채우지 못한 욕망을
미끄러지는 뱀의 혀가 나른하게
날름날름 정오의 허기를 채운다

양심을 가두고 덤비는 제물로
어느 잔칫집도 햇볕처럼 따뜻하던
화합과 행복의 울타리 모임도 잃은
한 계단씩 올라가던 권리를 상실한
주말 휴일을 받친 마트 노동자들을 위해

고개 숙여 묵념한다

저무는 것은

저녁인가
아니면 세월인가

휘청거리는 계절
소외된 13월의 숫자를 붙잡고
말라비틀어진 햇빛 부스러기
하얗게 내리는 밤

찌그러진 그믐달
여린 억새 뼈마디마다 상고대가 피면
별빛 속을 건너 두런두런 희망 같은
아침이 오는 소리 들린다

상계역에서

시장 모퉁이 돌아
복개천 흐르는 다리를 건너면
배꽃 같은 미소로 시처럼 살던

삶의 무거운 짐 내려놓고
어린아이처럼 해맑은 미소로
휘이 휘이 새가 되어 날아간
하늘에 올리는 소망

해지는 저녁
막걸리 한 잔 마시고
귀천 한 소절 읊으면

나도 시인이 될 수 있을까
천상병 같은 시인이

1965년생과 2022년생의 관계

숲을 이루고 있던 것들에서
툭 떨어져 나가더니
꼬물꼬물 생명체가
가슴으로 밀고 들어왔다

한 번도 꿈꿔보지 않은
앞으로 펼쳐질 벅찬 세상이
사랑이기에 기다려지는 시간

내게로 오는 길목
마음을 다해 기도한다
해도 별도 달도 지구의 모든 것이
너를 위해서 빛난다고
그러니 너는 건강하게 오라고

살아온 기적이 살아갈 기적에게

나는 쉰하고도 아홉
너는 이제 12개월
강산은 셀 수 없이 바뀌어서
강을 건너 바다에 다다르지만
숫자를 뛰어넘는 기적인 우리

너는 언제나 사랑이고
행복해지는 이유를 아는 사람일 테고
말을 책임질 줄 아는
삶을 기적처럼 만들어가는
사람이 될 테니까

할머니는 말이다, 진서야
네가 고향의 봄 같은
사람이 되어주기를 바란다

초록 지붕 아래의 꿈

초록 지붕 집 아래
햇살 한 줌 품은 소녀가 있었네
불꽃처럼 타오르는 머리칼
두 눈엔 끝없는 하늘이 담겼지

상상은 그녀의 날개였고
바람을 타고 호숫가를 건넜으며
벚꽃이 눈처럼 흩날리는 길 위에서
운명을 속삭였네

사랑하는 것은 얼마나 아름다운 일인지
작은 들꽃 한 송이에도 우주는 반짝였지
실수투성이의 날들도 있었지만
그건 더 큰 꿈을 위한 징검다리였어
기쁨과 눈물이 뒤섞인 삶 속에서
앤은 언제나 빛났지

그리고 오늘, 우리는 그녀를 기억해
초록 지붕 집 아래에서 시작된
그 눈부신 이야기처럼

새벽 가로수 길

방학역 3번 출구를 나선다
곧게 뻗은 새벽 가로수길에
어둠이 빼곡히 나와 아무도
걷지 않은 새벽길에 서 있다

덜컹덜컹 지하철이 어깨너머
하늘을 나는 은하철도처럼 달리고
새벽 6시 20분 흔들흔들 걷는
발아래로 휘도는 바람
가을을 겨울로 데려가는
새벽 기침 소리가 나무에 걸린다

이른 새벽에 생각하는 한 가지
지금, 참 좋다
무성한 여름 지나 저절로 익어 떨리는
저 나뭇가지들 사이로 부는
내 생 맑게 씻어주는 아침 바람이

공허한 궁전

딱딱 찍 소리가 귓전을 파고든다
잠시 걷던 걸음을 멈출까, 고민하다가
고개를 세우고 걷던 길을 걷는다
딱 따다닥 이번에는 조금 가는 소리가 들린다
새어 나오는 신음을 삼키며
무릎과 무릎 사이 통정하고 있는
살 속을 파고든 딱따구리는
폐허가 된 뼛속에서 문양을 찾고
이미 골속 살까지 갈기갈기 찢긴
물로 바다를 이룬 무릎은 공허한 궁전이다
살겠다고 뼛속에 바늘을 찌르고
사르르 전해져 내려가는 액체의
차가움이 머리까지 전해진다
마모된 무릎과 무릎 사이에서
찌지직 살 찢어지는 소리
아껴 써야지 죽을 때까지 아껴 써
계절의 옷도 입히고 물들여 가며 살아야지
생의 얼룩들을 씻고 궁전에 살을 찌워야지

공허한 궁전에 뜬 퇴행성 별 하나

환대

습기를 머금었던 바람이
쏟아지는 햇빛을 나무 위로
감추려고 자꾸 깜빡인다

11월의 마지막 빛인 것처럼
바람에 부스럭거리다가
카페 안으로 길게 드러눕는다

지금, 이곳에
몇 겹의 생을 따라와 벌거벗은 채
날카로운 덧문을 관통하고

세포 하나하나를 일으켜 세워
이제는 지난 내 생의 봄을
억세게 끌어안는다

묵언 수행

우울함이 걸어 나와
내 발밑에 쪼그려 앉았다

수천 번 다녀간 발걸음
계절마다 온갖 이유를 대지만

지금은
부처님과 면담 중
그러니 돌아가라고

약속

다 지킬 수 있는 것이 있고
지켜지지 못하는 것도 있다

빗장이 되어 가두는 진실들
하나님은 그래서 선물로 주셨다

첫사랑의 기억

당신과 나

당신과 나
나무와 바람처럼 살고 싶었습니다

당신은 나무 되고 나는 바람 되어
당신 그늘에서 살고 싶었습니다

비 내림 당신 옆에서 쉼 하고
눈 내림 당신과 함께 보며
비바람 눈보라에도 변치 않는
당신과 나였으면 기도했습니다

햇볕 좋은 날이면 살랑살랑 바람 되어
당신 간지럼 태우며 웃는 모습 보는
행복을 꿈꾸었습니다
언젠가 헤어질 것을 염려했지만
미워서 헤어지지 않기를 기도했습니다
이별 또한 상처가 되지 않기를 간절히 바랐습니다

당신과 나
돌아오지 못할 강을 건너네요
깊이도 넓이도 알 수 없지만
그리움으로 흐르겠지요

마음이 변한 것인지
인연이 다한 것인지
계절이 바뀌듯 변하는 것인지 알 수는 없지만

당신은 당신대로
나는 나대로 살아가며
더는 알 수 없는 소식에 애태우겠죠

당신과 나
한때는 사랑했었던 추억이니까요

그대는 나의 운명

봄처럼 그대 내게로 와서
꽃 피고 지는 아픔을 겪으며
수줍게 사랑은 시작되었지

멈춤 없이 다가가 그대의 풍경이 되고
달이 되고 별이 되고 바람도 앉아 쉬어 가는
사랑이 되겠다고 약속했지

힘든 하루도 그대와 함께라면
잎이 무성한 나무 그늘이 되어주고
슬픈 순간도 그대와 함께라면
따뜻하고 넉넉한 가슴을 내어줄게

세상살이 힘들어도 흔들림 없이 다가와
의심 없이 밀물처럼 안겨 오기를
어설프고 힘들었던 어제보다
천천히 한 걸음씩 다가오기를

소중한 그대와 함께여서
이 순간이 얼마나 행복한지
사랑합니다 운명 같은 그대를

참 좋은 사람

사랑하는 날에는
포장하지 않은 마음을 접어
당신을 향한 설운 마음을 달래고
위로받고 싶어 노크하면
어떤 봄날처럼 따뜻한 당신을 만나죠

상실에서 활짝 피어나라고
불완전한 것들을 꽃 피우는
숨어 울던 고독한 언어들 사이
물푸레나무처럼 푸른
참 좋은 당신을 만납니다

제3장

사랑의 변방에서

사랑의 의미를 새기고 새겨도 숨길 수 없는
먼 미래로 유배됐던 그 언어로
지금 이 순간도 사랑이라고 말합니다

어느 봄날에

어느 오후 저녁에 불던 바람처럼
붉은 노을 외로움 닮은
바람에 흩날려 온 그대

당신을 가슴에 들여놓고
들꽃 향 가득한 입술로
사랑이라 불렀지

어느 봄날
연둣빛 봄을 몰고 바람처럼 달려와
데이지꽃 닮은 수줍은 미소 지으며

그렇게 서 있었지
그렇게 내게로 와서
아름다운 풍경이 되었지

한 여름밤의 고백

내 그리움의 반이 어느새 당신이 되었던가요
세월이 익는 사이에 그리움만큼 사랑이 깊어지고
하루의 끝에서 만나는 당신이 궁금해집니다

그림자처럼 내 곁을 지켜주는 당신 때문에
어제를 살았고 힘든 세월도 이겨냈죠
영원히 가슴에 간직한 일기처럼
기나긴 시간속에 묻어두려 했습니다

묻혀버린 어제처럼 사랑도 묻히고
세월을 이기고 산 내일에 그리움 하나 걸어놓을 뿐이라고
그렇게 그렇게 사는 거라고 했는데
오늘 문득 당신이 보고 싶어졌습니다

당신에 대한 내 사랑이 마침표를 찍는
사랑의 의미를 새기고 새겨도 숨길 수 없는
먼 미래로 유배됐던 그 언어로
지금 이 순간도 사랑이라고 말합니다

파도

거센 그리움이다
너에게로 향하다 마는

옮기는 발걸음마다
빗물처럼 눈물이 흐르고

날 세워
생생하게 흔들리는 감정들
바다에 토해내니

하얀 이 드러내
초록 바다를 출렁이며
허기진 그리움 품어준다

당신과 함께

버스가 왔네요
조금 빠른 걸음의 내가 당신을 위해 뛰었습니다
토끼와 거북이 경주를 떠나려던 버스가 멈추고 지켜봅니다
평생 내가 거북이인 줄 알았습니다
느린 나를 위해 앞서가며 내 앞길을 열어주고 헤쳐주던
당신이 언제까지 토끼인 줄 알았습니다
오늘 내가 한 걸음 먼저 버스를 세우고
당신을 기다렸습니다
세월에 무너진 다리를 끌고 온 당신
인제 그만 내 뒤에 서세요
하늘이 부르는 그 날까지는
내가 당신의 토끼가 되겠습니다
버스는 늙어가는 우리를 위해 기다려주지 않을지도 모릅니다
그러면 어때요 좀 천천히 가도 조금 느리게 가도
쉬었다가 가요 이제는
숨 한 번 편히 쉬지 못하고 달려온 길에
이제 앞으로만 가야 하는 길에
우리 앞서거니 뒤서거니 하지 말고
손잡고 함께 가요 오늘처럼

지나간 날은 모두 추억이 되고

라일락 향기 바람에 흩어져
너울너울 코 밑까지 와서
흔들리는 위태로움으로
바람을 주체하지 못한 채 속삭인다
그때도 바람은 불었고
구불구불 길을 따라서 왔고
산을 넘어 흔들거리며
몸속을 파고들어 홍역처럼 앓았다
긴 겨울에서 깨어난 내게
사정없이 제멋대로 파고들어
이렇게 아름다운 거라고
숫눈처럼 뿌려지던 그날
계절도 놓쳐버린 삶에 참고 견딘 눈물은
물의 분수처럼 물구나무를 서고
생의 반란을 일으켰던 그 봄
산을 베고 누운 길 위에 라일락 향기 천지인데
땅 위와 하늘 골짜기마다 향기로운데
지금은 그 어디에도 없는
잠시 잠깐의 무지개였다, 너는

사랑 변방

나도 누군가의 별이 되고 싶은 적이 있었다.
먼 미래로 유배된 언어로 별이 되어
가슴에 박히고 싶은 적이 있었다

나도 누군가의 그리움이 되어
내게로 오는 길목마다
꽃이 되고 달이되고 별이 되고 싶었다

나도 누군가의 살아있는 전설이 되어
서러움으로 까치발 들고 달려오는 사랑이 되고 싶고
소주 한 잔 삼킬 때의 그 짜릿함이 되고 싶었다

누군가의 심장에 콕 박힌 절절함의 대명사로
사뿐히 즈려밟고 온 꽃의 의미로 남아
그리움도 사랑이라고 말하는
누군가의 시로 남고 싶었다

사람이 좋다

상처 주고 상처받아도
아픔도 꽃이 되는
보랏빛 멍 꽃도
가슴에서 꽃으로 피는

사람과 사람 사이
엿처럼 타래 되는
상처도 꽃이 되는
사람이 참 좋다

화양강 봄빛 아래

물비늘 위에
연둣빛 바람이 내려앉고
가만히 흐르는 강가에
내 어린 웃음이
다시 피어난다

꽃잎 하나
물결에 실려 떠가는 봄날
나는 오래도록 아무 말 없이
강을 바라본다

안개 드리운 새벽강

새벽 물안개 속에
화양강이 숨 쉰다

가을 풀꽃이 무너진 길을 따라
나는 조심스레 걸어간다
강은 모든 이름을 잊고
바람처럼 흐른다

그 곁에서 나도
조금씩 작아진다

무심無心하게

늙은 세탁기가 덜컹거린다
덜커덕 덜커덕 소달구지
흉내를 내면서 달린다

지친하루와 더 후즐그레한
뿌리처럼 박힌 사념과 상처를
틈틈이 비워내기 위해
탄력적으로 돌아간다

위로가 되어주는 것들을
하나씩 나열하듯
긴 빨래줄에 척척척 널은
빨래들이 두 손모아
합장하듯 무념보시를 한다

토마토

지치고 아픈 순간들도 약이 되는지
배춧잎 벌어지듯 만개하던 웃음

하늘이 아는 일을
아버지는 알고 있었을까

토마토가 강바람에 빨갛게 영글어 달리면
아버지는 토마토 중 가장 예쁜 것을 골라서
내 손에 쥐여주고, 고모는 시장에 내다 팔 물건을
딸에게 준다고 하셨지만

그 예쁜 토마토는 나였다

시집살이

고추 당초보다 더 맵다는
시집살이를 해봐야
여자는 철이 든다고 툭 던져놓고
힐끔 나를 넘겨다 본다

밥상을 훔치다가 박히는
눈빛을 외면하고 모른 척
걸레질 손끝에 힘이 간다
빨리 철들어야지

맹꽁맹꽁

2만5천 보를 넘게 걸어 다리에 쥐가 난다
지하철 안 빈자리는 없고 핑크색 자리만 덜렁

객차 문이 열릴 때마다 보이는 건
내 앞에 서는 사람들의 배 뿐
바늘방석이 따로 없다
초조하고 불안하다
모든 사람들이 나만 보는 것 같다

양심은 잠시 내팽개치고 거친 숨부터 고른다
부풀려 터질 듯한 맹꽁이 배
앞만 향해 기어가는 독선의 뱀이여

상봉역

상봉역 1번 출구
365일 바람에 휘날리며
새의 날개처럼 깃발이 흔들린다
폭포처럼 퍼붓는 장맛비를 뚫고
잎 진가지 사이로 부는 겨울바람
깃발 위로 들리는 함성
나라에 바칠 것이 목숨밖에 없다는
유관순 열사의 피 묻은
풀치마 찢어지는 소리
오직 통일 조국을 염원하며
한용운 안중근 윤동주 그리고 김구 등이
풍경처럼 지키는 상봉역
그러니 기억하라
그들이 뿌린 꽃씨가
서울시 중랑구 상봉역 1번 출구 위로
새의 날개처럼 날고 있음을
날아올라 날아올라
푸른 하늘이 되고 있음을 보아라

봄과 여름 사이

노란 웃음이 속도 없이 터져
바라보던 목련이
하얗게 질려버린 오후

햇볕도 어슬렁어슬렁 마실을 나와
하얀 튀밥으로 허기진 위를 채우고
무성한 소문 속 꽃을 토해내면

피고 진 꽃의 기억은 묻힌 채
연둣빛 연서를 써대는 햇살만이
봄의 정곡을 찌르고 가는 시간

어느 병실의 크리스마스

시끌시끌 복도에서 들려오는 소리
빈 휠체어만 앉아 TV를 보고 있고
머리를 다쳐 영혼을 잃어버린
사라진 환자를 찾아
간호사들 총총대는 발걸음에
부스스 눈을 떠서 갈매기 나는
천정에 초점을 맞춘다

익숙지 않은 조선어들이 난무하는
병실에 혼을 빼앗긴
축 늘어진 환자들 어깨 위로
폐쇄된 병동에 작은 나라가 생겨났다

창 너머 아쉬운 눈길과 전화기 속
안타까운 소리와는 별개의 세계가 존재하는
영혼이 빠져나가 폐허가 된 빈껍데기가
무단으로 이탈한 육체를 찾기 위해 절규한다

젊음은 나라와 자식들을 위해
뼛속 진액까지 다 줘버리고
과거는 지나간 기억일 뿐
혼자 앓고 있는 저들의 소리가
두만강보다 긴 밤을 건넌다

오줌과 똥을 치우는 소리로
지난밤을 처절하게 밝히고
살기 위한 몸부림으로 부딪치는
수저와 젓가락의 요란한 소리로
시작하는 병실의 아침

격리된 병실, 외로운 사람들끼리
비벼대고 핥아주며 아침이라는 선물로
가난한 크리스마스를 맞는다

내가 살던 고향은

짠무 씻어 꼭 짜고
파 송송, 참기름도 넣고
달걀 묻혀 옛날 소시지를
기름 두른 팬에 굽는데

추운 겨울
교실 한복판에 타닥타닥
장작이 타들어 가면
도시락에서 빠져나간 하얀 김이
허기진 배를 더 웅크리게 하던

뭉클 터진 고향 생각에
밥을 꾹꾹 눌러 담다가
촌 도시락처럼 싸놓은 추억이
피식 웃음이 나는 이유는

서울에서 31년을 살았는데도
내 주소는 지금도
강원도 홍천군 홍천읍 신장대리
한 발짝도 벗어나지 못했다

엄마의 봄

엄마 떠나가신 지
일곱 번의 겨울이 가고
새봄이 왔지만
마음 붙일 데 없이
허허롭게 살아왔습니다

눈빛에 머물던 잔 시름들
질긴 시간을 보내고서야
이제 알 것만 같은데

풍족하게 사는 꿈을 꾸었지만
단내 나는 삶을 살고서야
깊숙이 찍힌 자국들이 아프다고

당신이 없는 봄
해마다 서럽습니다

군대 간 아들에게

멀리도 아닌
한강 건너로 너를 보내놓고
해 뜨는 아침마다 묻는다
아들아, 괜찮니

해 저물고 어둠이 오면
강 건너 그곳을 향해
노을만큼 붉은 얼굴로
하늘을 바라보니 눈물이 나네

엄마의 기도는
오늘보다 내일이 더 멋진
소중한 너만
내 곁에 있으면 된단다

격리

목구녕 사이
깊숙한 동굴 안 찰지게 붙어
어둠속 고통으로 기침들을 토해낸다
거머리처럼 들러붙은 점액질이
쉰일곱 해 인생을 따라붙던
푸른 비망록인지
그만 쉬라고 속닥속닥

시처럼 살고 싶다

인생 뭐 별거 없다는데
손에 꼭 쥐고 놓지 않는
내가 좋아하는 것들
별 낙엽 그리고 시
시처럼 살순 없을까

슬픈 추억 꽃으로 피다

하늘빛과 물빛이 만나던 날
선운사 도솔천 위로 푸르른 하늘이 내려앉고
바람이 내는 소리를 따라
그 길 따라 천천히 걸었습니다

그대랑 함께 걷던 가을 길에
당신은 오지 않고 나 홀로 가을을 맞습니다
이 세상에서 다시는 보지 못한다는 걸 알지만
천년의 세월이 흘러도 붉은 꽃 피어 가슴에 물드는
가을이 오는 길목에 서서 당신을 기다립니다

가을이 핀 자리에 당신은 없고
흐르는 세월에 꽃물만 들여 애가 타는
그대 진자리 눈물만 뚝뚝 떨어져
붉게 꽃으로 피었습니다

이 세상에서는 이룰 수 없다 하여
눈물로 피었습니다

잘 지내나요, 난 별로인데

가을이 왔다는데
바람은 가을이 왔다고 전하는데
하늘이 저기 있는지도 몰랐네

닿지 않는 하늘처럼
깃대에 꽂힌 바람처럼
시답지 않은 얘기로 하루를 살아

심심하면 달빛 도서관을 서성이다가
좋아하는 음악을 귀가 아프게 들으며
별빛 따라 집으로 돌아오곤 하지

내 키만큼의 그림자가 따라오고
숨어 우는 바람이 들려준 이야기를 시로 쓰기도 하며
촘촘히 짜인 그물에 걸린 물고기처럼 파닥거리며
생각이 하루만큼 자라는 강을 건너 돌아오는 길
그 길에 상심의 바람이 부네

제4장

시처럼 물들고 싶다

사랑이 아니어도 좋은
묵묵히 내 곁에 오래 있어 주는
그런 사람이 그립다

숨어 우는 까닭

봄을 처음 만난 이후로
내게 온 봄은 다 아름다웠다
가슴으로 노래 불렀고 찬양했다
그 봄 다 지고 꽃잎 떨어져 뭉개져
아직도 활짝 피지 못한 채로
시린 봄이 서러워
꽃비 속에 숨어 운다

목련이 부르는 봄

겨우내 웅크려 떨치지 못한
억눌린 삶의 무게 위로
고개 한 번 들지 못했던 어깨 위로
저문 어둠이 내려앉는다

집으로 돌아오는 길
지하철 계단을 터벅터벅 내려와
문득 돌아다본 눈길 위에
봄이 하얗게 피고 있었다

뭉개지고 짓눌렸던 꽃진 자리에
어떻게 저렇게 고고하게 피고 있는지
마른 잎이 부서지는 사이로
한달음에 명치 끝을 찌르며 달려온다

지난겨울의 안부를 물으며
봄을 피워내기 위한 아픔도 있었을 텐데
가슴속에 박힌 구근을 녹여준다
봄이 어둠 속에서 환하게 피고 있었다

아주 심기

몇 날 며칠 바람보다 강하게
마음을 뒤흔드는 저 꽃잎들
봉그랗게 하늘 향하고

침묵이 풍경이 되기도 하나봐

박꽃 같은 여자의 발자국 따라
빗자국처럼 찍힌 자국을
선명하게 도려내고
햇살에 낯꽃처럼 웃다가
울컥거렸다

겨울 찬바람 잘 이겨냈으니
토닥토닥 이제부터 봄

오월에 눈이

며칠 전 뉴스에는
오월에 눈이 내렸다 하고

산 노루 놀다 간 강원도 어디쯤
어둑어둑 밤이 오면
동그란 무덤가에 달과 함께
꽃 이야기 물고 달빛 그림자 눕고

산 넘어 별도 달빛에 쫓겨
암흑과 나무 사이에
꽃 진다

사박사박 어둠을 먹고 피는 눈꽃
오월 산중 꽃 떨어지는 소리

비의 속삭임

비가 내린다
노래는 옛 기억 속의 선율처럼 흘러가고
바람은 조용히 데려다주네
비가 이끄는 길 따라

영원보다도 오래 새겨진 이름들을
하나씩 조심스레 꺼내며
비는 속삭인다
지우고 싶은 시간의 그림자라고

쓸쓸한 저녁 아래
예감을 품은 채 다시 내리는 비여
길 없다는 허상은 물결에 흩어지고
미약한 빛 한 줄기 길을 열어
비를 타고 찾아와 주었으니
새벽의 약속처럼 다시 피어난다

초여름 꿈

생의 고독한 사유는 밤을 사모하고
삭히지 못한 밤은 별로 태어납니다

뒤척이던 어둠의 근성들이 쏟아져 내리면
적막의 소리가 밤을 태우다
다시 꽃으로 피어나고

초여름의 신열 앓는 소리에
시인의 밤은, 영혼을 팔다
깨어나는 꿈이라지요

자작나무 숲속의 속삭임

빽빽한 숲속으로 들어가면
멀대 같은 흰 나무들이 서 있지
사이사이 들리는 속삭임
어제의 햇빛과 공기와 밤별들 사이
태어나는 숲속의 언어
어둠에 꽃을 피우고 서리로 내린
아침을 더듬어 빛나는 길을 내고
신이 놓친 달의 발자국들
푸른 하늘 문이 열린다

소나기 지나간 강가에서

한낮 소나기 지나간 후
강물은 더욱 맑아지고
나는 젖은 풀 냄새 속을 걷는다

화양강은 아무렇지 않게
반짝이며 흐르고
어린 시절의 눈물 같은 것이
문득, 내 발끝에 스친다

한 송이 연꽃처럼

공작산 자락
수타사에 깃든 구름을 밟으며
절 마당으로 스며든 향기에 젖는다
머문 것도 떠난 것도 없이
고요는 저절로 길이 된다

빈 뜰을 어루만지는 바람 속에서
먼 데서 울려오는 독경 소리
스치는 모든 것이
길이 되어 마음을 적신다

마음은 저절로 맑아져
고요한 물처럼 잔잔히 깊어지고
울림은 그저 울림으로 남아
고요 속에 나를 비춘다

멈추지 않고 걷는다
수타사의 향기만 따라오고
이름 없는 하늘 아래 고요히
한 송이 연꽃으로 피어난다

전설이 된 여름

지난여름, 바다에 흘려보낸 이야기들을
다시 들으러 가고 싶었다

아니, 더 솔직히 말하자면
드넓은 바다에 내 이야기를 맡기고 싶었다

깊고 고요한 심연에 띄우면
아무도 내 목소리를 가둘 수 없으리라

그 이야기는 태평양을 건너
대서양의 파도에 실려 가고

그렇게 그렇게
이국의 바람 속에서 숨결이 되어
마침내 전설이 될 것이다

가을 예보

타는 듯 홍조 띤 저녁 하늘에
폭염 속 여름은 질펀한 애무를 끝내고
고추잠자리 노을과 통정하며
어느새 가을을 베고 누우니
천지가 노을빛이다

가을, 그 눈부신 기적

꽃바람에 살랑거리다
연푸름에 홍조 띤 얼굴로 반기더니
기어이 화냥기를 어쩌지 못하고
붉게 물들어 철퍼덕 뒹굴어버린다
헤벌쭉 웃던 뜨거운 태양이
작은 바람에도 휘청거리다 누워버리면
달도 질끈 눈 감아버리고
숲을 향해 내는 절정의 굉음과
침묵으로 눈 감은 짧은 시간
흔적으로 남겨진 잎잎이 춤추면
처음처럼 수줍다가 그만
낯부끄러운 듯 붉어지는

첫눈 내린 강가에서

강가에 고요히 첫눈이 흐르면
세상은 조용히 숨을 고른다

집 앞 화양강
밤이면 물소리가
엄마의 자장가처럼 내 잠을 감싼다
깊은 어둠을 건너올 때도
아침 첫빛을 맞이할 때도
강물은 끊임없이 나를 부른다

눈 쌓인 강둑을 따라
어릴 적 발자국이 지워지고
잠든 하늘과 강 사이로
이름 없는 그리움만 부서진다

멀리 떠돌다 돌아온 날에도
화양강은 한마디 말 없이
하얀 숨결로 나를 품어준다

저승 가는 길

간다, 나는 간다
이승의 빛을 뒤로 하고,
바람은 살갗을 스치며 길을 열어준다

미련은 흩어지는 먼지처럼 훌훌 털어내고
저승의 문턱을 향해 발걸음을 옮긴다

땅거죽 위에 남은 빛의 자취 따라
황톳빛 흙에 흩뿌려진 흰 눈처럼
순수한 기억을 새긴다

눈 내리는 고요한 길에서 합장한다
괜찮아, 사람으로 살던 날들도
이제는 다 흘러간 것

간다, 나는 간다
바람이 데려다주는 그곳으로

그날의 기억

동백꽃이 조용히 지던 날
내 심장에 별 하나 피어났습니다
겨울의 끝자락, 찬 바람에 실려 온 그대의 목소리는
영원할 것만 같았던 그 고백은
시간의 물결 속에서 아련히 흐려졌습니다

꽃잎이 바람에 흩어질 때마다
멈추는 듯 이어지는 위태로운 시간
그대의 얼굴은 점점 희미해지고
내 마음 또한 바람 속으로 흩어졌습니다

동백꽃과 함께 그대를 묻던 날
나는 더 이상 내가 아니었고
무수한 별빛이 내 안에서
고요히 스러져 갔습니다

그러다 문득, 나는
동백꽃이 피던 그날로 되돌아갔습니다

길 건너 있을 당신에게

너와 나 사이엔 돌아갈 수 없는 강이 흐르고
시간과 세월 사이에 흐르는 적막은
하늘과 땅 사이에 부는 바람 같다

너라는 계절이 가버린 뒤
사랑도 행복도 잃은 나는
온통 어둡고 추운 겨울에 갇혔다가

푸르기만 한 까치발 든 봄이
햇살 같은 미소로 내리는 봄날에
격한 몸짓으로 깨어나

살아본 봄보다 더 서툴게 핀
행복을 가장한 아픈 내 하루가
이 길 건너 어딘가에 있을 너에게 가서 닿기를

짝사랑

눈으로 그대만 쫓다가
마음으로 그대만 생각하다가
너라는 계절을 놓치고서야 알게 된

네게로 가는 길이 멀다는 것을

한계령에서

낙엽 한 장에도 가슴은 베이고
추억이 머물다 가는 시간
더디게 오던 꼬리 잘린 가을이 붉게
오색령 너머 바다를 향할 때

한계령은 나를 내려다보고
나는 지난 세월을 보고
움켜쥔 그리움을 잠시
빈 종이컵에 담는다

차갑게 식은 그리움이
목구멍을 타고 가슴을 관통하고
아래로 아래로 고독을 밀어내며
아름다운 사랑과 한계령에 고립된다

다시 봄

꿈꾸듯 오네
사방에서 하얀 팝콘
톡톡 터지듯

누구의 갈망이던가
수척해진 겨울 지나
꽃 피는 것을 허락한
바람이 풀어 놓는 사연은

보라, 저기 저 등선 위
등을 펴고 활짝 기지개를 켜는 것들
여기도 봄, 저기도 봄

그리움의 그림자

밤하늘에 떠오른 달빛 아래
그대의 이름을 조용히 불러보네
손끝에 닿을 듯 닿지 않는 바람결에
지난날의 온기가 흐려진다

창가에 기대어 문득 떠오르는
그대의 미소 눈빛 속삭임
이젠 아무 말 없이 스쳐 가지만
마음 한편엔 여전히 머물러

그리움이란
시간이 지날수록 더 깊어지는 것
멀어질수록 더 선명해지는 것
잊으려 애쓸수록 더 선명해지는 것

어느 봄날 다시 꽃이 피면
그대와 마주할 수 있을까
저 바람 끝에 실려 온 향기처럼
다시 한 번 내게 스며들 수 있을까

시처럼 물들고 싶다

문득
사람이 그리운 날이 있다
온종일 두문불출 마음을 잠가놓고
서성이다가 길을 나서보면
길 저 끝에 서있는 사람
그렇게 묵묵히 바라보아 주는 사람

혀끝에 달콤함으로 녹이다가
같은 말로 고통과 상실을 주는 사람들 틈에
그 틈에도 꽃은 피어나고 향기로운 사람들이 있다
순수함으로 물들고 싶은 영혼까지도 붉어지는
그런 사람을 만나고 싶을 때가 있다

불완전한 인간의 모습으로 오지만
사랑이 아니어도 좋은
묵묵히 내 곁에 오래 있어 주는
그런 사람이 그립다

자연과 인생을 노래하며

지나온 길을 돌이켜보면, 늘 눈치를 보며 살아온 시간이었습니다. 가정에서도, 직장에서도, 배움의 자리에서도 나는 조심스레 발을 디뎌야 했습니다.

그러나 그 조심스러움이 나를 약하게만 만든 것은 아니었습니다. 때로는 나를 지켜주었고, 때로는 나를 단단하게 다져주었습니다.

억눌린 마음이 한쪽에서 자라나면서도 끝내 제 빛을 향해 고개를 들어올리는 꽃처럼 나 역시 그렇게 살아왔습니다. 그래서 이번 시집의 제목 「눈치 보며 피는 꽃도 있다」는 저의 삶을 닮은 고백이자, 같은 자리에서 흔들리고 있는 이들에게 건네고 싶은 위로의 말입니다.

내가 시를 쓰기 시작한 것은 마음속에 차마 다 말하지 못한 것들이 너무 많았기 때문입니다. 그것은 한 계절의 빛깔이었고, 누군가의 이름이었으며, 다시는 돌아오지 않을 풍경 하나였습니다.

사랑했으나 다 말하지 못했던 것들, 잃었으나 끝내 흘려보내지 못했던 감정들, 그 모든 것이 문장이 되어 시로 흘러나왔습니다.

늦은 나이에 다시 시작한 공부는 제게 또 하나의 길을 열어주었습니다. 퇴근 후 무거운 몸으로 강의실에 앉아 있던 날들, 연차를 내기 위해 눈치를 받으며 억눌렸던 순간들, 집과 직장의 요구가 발목을 붙잡던 때도 있었습니다. 그러나 그 길은 제가 원한 길이었기에 끝내 버틸 수 있었습니다.

배움은 제 삶에 뿌리를 내려주었고, 그 뿌리 위에서 시는 더 깊고 단단하게 자라났습니다.

시를 쓰는 일은 제게 하나의 숨결이었습니다. 고단한 하루 끝, 한 줄의 문장을 적어내려가면 무겁던 마음이 조금은 가벼워졌습니다. 작은 문장이 누군가의 마음에 닿아 울림이 되었다는 사실은 그 어떤 보상과도 바꿀 수 없는 기쁨이었습니다.

고통은 시를 지나면서 빛으로 건너갈 수 있었습니다.

시는 쓰러지려는 나를 붙잡아 준 가장 든든한 벗이었습니다.
시간이 흐르며 나는 점점 말이 적어졌습니다. 그러나 침묵 속
에서 더 많은 것을 듣고, 더 깊이 느낄 수 있었습니다.
말보다 시가 먼저 흘러나올 때 나는 비로소 나를 이해할 수
있었습니다. 시는 나의 구원이자 기억이며 내 안에서 오래전
부터 웅크리고 있던 언어였습니다.

이제 돌아보면 참 열심히도 살아왔습니다. 고되고 힘든 길이
었지만 그 길은 결국 행복으로 이어져 있었습니다. 시로 만난
벗들, 낭송 무대의 떨림, 그리고 한 편의 시가 누군가의 하루
를 위로한다는 사실이 나를 다시 일어서게 했습니다.
정년의 문턱을 넘어선 지금, 나는 이제 조금 더 자유롭게 시
의 길을 걷고자 합니다. 눈치를 보며 피어난 꽃이 결국은 자
기 빛깔로 만개하듯 나 또한 삶과 시를 온전히 피워내고 싶습
니다.
이 책이 같은 길을 걷는 누군가에게, 더딘 발걸음으로라도 끝
내 꽃을 피울 수 있다는 작은 용기와 위안이 되기를 바랍니
다. 세상은 여전히 빠르고 시끄럽지만 나는 이 느린 문장으로
다시 한 번 걸어가려 합니다.
조용히, 그러나 진심으로.

눈치 보며 피는 꽃도 있다

발행일 2025년 11월 28일

지은이 김기월
발행인 김복환
펴낸곳 도서출판 지식나무

등록 제301-2014-078호
주소 서울시 중구 수표로 12길 24
전화 02-2264-2305
이메일 booksesang@hanmail.net

©김기월 2025

값 13,000원
ISBN 979-11-24166-03-1